KB247270

산타가 된
바바 왕

장 드 브루노프 지음 | 길미향 옮김

현북스

현북스에서 펴낸 장 드 브루노프 그림책

지은이 장 드 브루노프(1899.12.9~1937.10.16)

프랑스에서 화가로 활동했던 장 드 브루노프는 글과 그림을 통합한 새로운 형식의 그림책 바바 시리즈로 프랑스를 대표하는 그림책
작가가 되었습니다. 비록 폐결핵에 걸려 37세의 젊은 나이에 생을 마감하였지만, 그림책도 예술 작품이 될 수 있다는 그의 생각은
이후 많은 그림책 작가들에게 영향을 주었습니다.

옮긴이 길미향

한국외국어대학교 대학원에서 불어를 공부했습니다. 현재는 도서를 국내외에 소개하는 일과 전시 기획을 하고 있습니다.
'2009년 동화책 속 세계 여행(예술의 전당)' 전시를 기획했고, 옮긴 책으로는 〈비밀의 집 볼뤼빌리스〉 〈잃어버린 천사를 찾아서〉
〈비밀의 정원〉 〈나침반〉 〈굿바이 수학〉 〈4년 6개월 3일〉 등이 있습니다.

산타가 된
바바 왕

펴낸날 2012년 6월 25일 초판 1쇄
지은이 장 드 브루노프
옮긴이 길미향

펴낸이 김남호
펴낸곳 현북스(주)
출판등록 2010년 11월 11일 제313-2010-333호
주소 121-895 서울시 마포구 서교동 404-5 씨즈빌딩 201호
전화 (02)3141-7277 / 팩스 (02)3141-7278
홈페이지 www.hyunbooks.co.kr

편집책임 조정원
디자인 나모커뮤니케이션
마케팅 송유근

ISBN 978-89-97175-20-8 17860
ISBN 978-89-97175-17-8(세트)

어느 날, 작은 원숭이 제피르가 말했어요.

"애들아! 크리스마스 전날 밤이면 흰 수염에 빨간 옷을 입은
어떤 할아버지가 몰래 집집마다 찾아와 아이들에게 선물을 주고 간대.
사람들은 그 할아버지를 산타 할아버지라고 불러.
모두가 잠들고 나서야 굴뚝으로 들어오기 때문에
아이들은 다음 날 아침, 양말 속에 들어 있는 선물을 보고
할아버지가 다녀가신 걸 알 수 있대.
우리에게도 와 달라고 편지를 써 볼까?"

"좋은 생각이야!"

알렉산더가 말했어요.

"하지만 편지에 뭐라고 쓰지?"

아더가 물었어요.

"산타 할아버지에게 우리가 갖고 싶은 걸 말하는 거야."

폼이 제안했어요.

제피르는 자전거를 갖고 싶었어요.
플로르는 인형을 갖고 싶었어요.
알렉산더는 나비를 잡을 잠자리채를 갖고 싶었어요.

폼은 맛있는 사탕과
곰 인형을 갖고 싶었어요.
아더는 장난감 기차를 갖고 싶었어요.

글씨를 가장 잘 쓰는 제피르가 편지를 쓰기로 했어요.
제피르는 정성들여 편지를 썼어요.
아더는 편지 봉투에 우표를 붙였고요.
마지막으로 각자 이름을 적었어요.
모두 설레는 마음으로 편지를 우체통에 넣으러 갔어요.

아침마다 다섯 아이들은 우편배달부가 오기만 기다렸어요.
아이들은 우편배달부를 보자마자 우르르 달려갔어요.
하지만 산타 할아버지가 보내 준 답장은 없었어요.
바바 왕은 아이들을 보고 생각했어요.

'아이들이 왜 저렇게 풀이 죽었지?'

바바 왕이 아이들을 불러 물었어요.

"얘들아, 무슨 일이 있니?"

제피르가 바바 왕에게 편지 이야기를 했어요.

"저런, 산타 할아버지가 너무 바빠서 답장할 시간이 없으신가 보다."

바바 왕은 골똘히 생각했어요.

'산타 할아버지에게 코끼리 나라에도 와 달라고 해야겠어.
그런데 어디로 가야 산타 할아버지를 만날 수 있을까?'

바바 왕은 산타 할아버지를 찾아 나서기 위해
짐을 챙겼어요.
바바 왕이 없는 동안 셀레스트 왕비가
코끼리 나라를 돌보기로 했어요.
바바 왕은 기차를 타고 도시에 도착했어요.
사람들이 알아볼까 봐 왕관 대신 모자를 썼어요.

바바 왕은 지은 지 오래된 작은 호텔에 도착했어요.
하지만 방은 깨끗하고 조용해서 바바 왕의 마음에 들었어요.
바바 왕이 샤워를 마칠 무렵 이상한 소리가 들렸어요.

"무슨 소리지?"

바바 왕은 서둘러 몸을 닦고 거실로 나왔어요.

그러자 의자 밑에서 생쥐 세 마리가 나오며 말했어요.

"안녕하세요? 이곳에서 함께 지내도 될까요?"

"나는 잠깐 머물다 떠날 거야. 산타 할아버지를 찾으러 왔거든."

바바 왕이 대답했어요.

"산타 할아버지를 찾는다고요? 여기, 바로 이 집에 있어요.
우리가 산타 할아버지의 방으로 안내해 드릴까요?"

생쥐들이 말했어요.

"그래? 얼른 같이 가 보자."

바바 왕이 흥분한 목소리로 말했어요.

바바 왕이 생쥐들을 따라 도착한 곳은
맨 꼭대기 층에 있는 방이었어요.

'산타 할아버지는 가장 높고 전망 좋은 방에 머물고 있는 건가?'

바바 왕은 방을 둘러보며 생각했어요.
그런데 사방에 흩어져 있는 짐들을 보니 뭔가 이상했어요.

"여기가 어디니?"

바바 왕이 물었어요.

"여기는 창고예요."

생쥐들이 이어서 말했어요.

"여기 산타 할아버지가 있어요!
크리스마스가 되면 사람들이 꺼내서 크리스마스트리의
꼭대기에 올려놓죠. 그리고 크리스마스가 지나면
다시 여기에 가져다 놓아요."

바바 왕은 실망스러운 목소리로 말했어요.

"음……, 내가 찾고 있는 것은
산타 인형이 아니라 살아 있는 진짜 산타 할아버지야."

다음 날 아침, 바바 왕은 참새들이 톡톡 창문을
두드리는 소리를 들었어요.

"살아 있는 산타 할아버지를 찾는다고요?
우리가 안내해 드릴게요."

바바 왕은 참새들을 따라갔어요.
커다란 다리를 건너고 충충 계단을 내려가자
참새들이 다함께 소리쳤어요.

"저 낚시꾼 옆에 있는 사람이
바로 산타 할아버지예요."

바바 왕은 수염이 기다란 할아버지에게
물었어요.

"실례합니다. 아이들에게 선물을 나누어 주는
진짜 산타 할아버지십니까?"

할아버지가 대답했어요.

"아닙니다. 난 화가의 모델입니다.
친구인 화가들이 내게 산타 할아버지라는
별명을 지어 주었죠. 그래서 모두 나를 산타
할아버지라고 불러요."

실망한 바바 왕은 강가를 따라 거닐었어요.
그러다 가판대에서 산타 할아버지 그림이
그려진 커다란 책을 발견했어요.

바바 왕은 그 커다란 책을 사서 보았어요.
하지만 불행하게도 책은 바바 왕이 모르는 말로 쓰여 있었어요.
바바 왕이 호텔 지배인에게 고민을 털어놓았어요.
그러자 지배인은 기이아네 선생을 소개해 주었어요.

"기이아네 선생이 번역해 줄 수 있을 거예요."

바바 왕은 곧바로 기이아네 선생을 찾아갔어요.
책을 보고 난 선생은 유감스럽게도 그 책을 읽을 수 없다고 했어요.
그 대신 유명한 윌리암 교수를 소개해 주었어요.
바바 왕은 윌리암 교수를 찾아갔어요.
윌리암 교수가 책을 살펴보았어요.

"산타 할아버지의 일생에 대한 이야기를 담고 있군요. 보헤미아라는
곳에서 살았다고 하는데, 더 자세한 것은 알 수가 없네요."

실망한 바바 왕은 공원 의자에 앉아 있었어요.
새들이 바바 왕을 알아보고는 산타 할아버지를 찾았는지 물어보았어요.
바바 왕이 대답했어요.

"아직 찾지 못했단다. 여기에서 멀리 떨어진 보헤미아라는 곳에서
살았다는데 그 뒤 소식은 알 수가 없어.
산타 할아버지를 찾는 일은 정말 어렵구나!"

그때, 주변을 서성이던 작은 개 한 마리가 바바 왕에게 말했어요.
"저는 냄새를 잘 맡아요. 저 여자아이가 산타 할아버지한테 인형을
받았다는데, 그 냄새를 맡을 수 있다면 산타 할아버지를 찾을 수 있을
거예요. 저는 갈 데가 없으니 산타 할아버지를 찾으러 함께 가고 싶어요."

바바 왕이 개를 쳐다보며 말했어요.

"좋아, 함께 가자!"

바바 왕은 새 인형을 사서 여자아이의 인형과 바꾸었어요.
개는 킁킁거리며 인형 옷 냄새를 맡았어요.

출발하기 전, 바바 왕은 윌리암 교수를 다시 찾아갔어요.
교수는 바바 왕에게 책을 돌려주며 한 가지 사실을 더 알려 주었어요.
산타 할아버지는 아마 도시에서 멀리 떨어진 산꼭대기 숲 속에
살았을 거라는 것이었어요.
바바 왕은 어렵게 산속 마을에 도착했어요.

날씨는 춥고, 눈이 많이 쌓여 있었어요.
바바 왕은 스키와 썰매를 빌려
눈길을 달렸어요.
하지만 얼마 지나지 않아,
썰매에서 내려야만 했어요.
이제 '듀크'와 단둘만 남았어요.
듀크는 바바 왕이 개에게 지어준
이름이었어요.
바바 왕은 스키를 신고,
산꼭대기 숲을 향해 올라갔어요.
듀크가 냄새를 맡더니 꼬리를 들고
제자리에서 킁킁거렸어요.
산타 할아버지의 냄새를 맡은 게
틀림없었어요.

듀크가 갑자기 뛰기 시작했어요.

"찾았어요, 찾았어! 냄새가 나요!"

그러나 듀크가 찾은 것은 난쟁이들이었어요.
난쟁이들은 나무 뒤로 몸을 숨겼어요. 듀크는 더 가까이에서 난쟁이들을
보려고 했어요. 그러자 난쟁이들은 눈을 뭉쳐 듀크를 향해 던졌어요.

듀크는 헐레벌떡 바바 왕에게 돌아갔어요.
바바 왕이 듀크를 보며 물었어요.

"무슨 일이야?"

듀크는 바바 왕에게 난쟁이들을 만난 이야기를 들려주었어요.

"좋아! 가까워진 게 분명해. 다시 난쟁이들에게 가 보자!."

잠시 뒤, 바바 왕은 난쟁이들과 마주쳤어요.
난쟁이들은 바바 왕에게도 눈 뭉치를 던졌어요.
하지만 바바 왕이 콧바람을 휙 불자 난쟁이들이 픽픽 쓰러졌어요.
난쟁이들은 허둥지둥 일어나 재빨리 달아났어요.
바바 왕은 큰 소리로 웃고는
듀크를 따라 계속해서 산을 올라갔어요.

난쟁이들은 산타 할아버지를 찾아가
커다란 동물이 조그마한 개의 안내를 받아
산타 할아버지의 동굴을 향해
오고 있다고 말했어요.
산타 할아버지는 난쟁이들의 이야기를
아주 관심 있게 들었어요.

바바 왕과 듀크가 동굴 가까이까지 왔어요.
그런데 엄청난 눈보라 때문에 아무것도 볼 수가 없었어요.
바바 왕은 더 걷기를 포기하고
구덩이를 파기 시작했어요.

그리고 나서 스키와 지팡이를 받친 다음, 눈을 뭉쳐 지붕을 만들었어요.
이제 간신히 눈보라를 피할 수 있었어요.
그런데 조금 뒤 우르르 땅이 꺼지면서 바바 왕과 듀크가 사라졌어요.
바바 왕과 듀크는 어디로 떨어진 걸까요?

그곳은 바로 산타 할아버지의 동굴 속이었어요! 바바 왕과 듀크가
구덩이를 파고 있었던 곳은 산타 할아버지네 동굴의 굴뚝 위였어요.

"산타 할아버지다! 듀크, 우리가 해냈어!"

바바 왕이 소리쳤어요. 그러고는 곧 기절하고 말았어요.

"난쟁이들아, 어서 서둘러! 몸을 덥혀 줘야 해."

산타 할아버지가 말했어요.

모두가 서둘렀어요. 바바 왕의 옷을 벗기고,
커다란 솔로 몸을 문지르고, 약을 먹였어요.
마침내 정신을 차린 바바 왕은 산타 할아버지와 함께
맛있는 수프를 먹을 수 있었어요.
바바 왕은 산타 할아버지에게
고맙다는 인사를 했어요.

산타 할아버지의 안내를 받으며 집 안을 둘러보는 동안,
바바 왕은 여기까지 찾아온 이유를 설명했어요.

"코끼리 아이들에게도 선물을 주러 와 주십시오."

산타 할아버지는 바바 왕의 말에 크게 감동했어요.

하지만 산타 할아버지는 크리스마스 전날 밤에는
코끼리 나라에 갈 수 없다고 말했어요.
그리고 덧붙였어요.

"요즘은 아이들에게 선물을 나누어 주는 것도 힘에 부쳐."

"코끼리 나라에 가서 따뜻한 햇볕을 쬐면 어때요?
금세 다시 건강해질 거예요."

바바 왕의 말에 산타 할아버지는 귀가 솔깃했어요.
산타 할아버지는 난쟁이들에게 동굴을 맡기고
바바 왕과 듀크와 함께 전용 비행기를 타고 출발했어요.

바바 왕과 듀크, 산타 할아버지가 코끼리 나라에 도착했어요.
코끼리들이 산타 할아버지를 환영하려고 달려왔어요.
산타 할아버지를 더 잘 보기 위해 아더는 지붕 위로 올라갔고,
제피르는 나무 위로 올라갔어요.
셀레스트 왕비가 산타 할아버지에게 폼, 플로프, 알렉산더와
아더, 제피르를 소개했어요.

"아, 너희들이 편지를 쓴
아이들이로구나.
만나서 반갑다. 이번엔 멋진
크리스마스가 될 거야."

산타 할아버지가 약속했어요.

산타 할아버지는 얼룩말을 타고 산책을 했어요.

바바 왕은 자전거를 타고 산타 할아버지를 뒤따랐어요.

산타 할아버지는 의사가 처방해 준 대로

매일 두 시간씩 햇볕을 쬐었어요.

폼, 플로르, 알렉산더는 산타 할아버지에게 자주 놀러 가곤 했어요.

하지만 산타 할아버지가 쉬고 있을 때는 아무 소리도 내지 않았어요.

어느 날, 산타 할아버지가 바바 왕에게 말했어요.

"바바, 그동안 고마웠네. 이제 크리스마스가 다가오고 있으니,
아이들에게 선물을 나누어 주러 가야 하네.
하지만 코끼리 아이들에게 한 약속은 잊지 않고 있네.
자네가 나 대신 이 옷을 입고 코끼리 아이들에게 선물을 나누어 주게.
나는 일이 끝나면 다시 오겠네.
그때는 멋진 크리스마스트리도 가져오지."

크리스마스 전날 밤, 바바 왕은 산타 할아버지가 부탁한 대로 했어요.
옷을 입고 수염을 달자마자 하늘을 날기 시작했어요.

"신기하군. 진짜 산타가 된 것 같아."

바바 왕은 새벽이 오기 전에 일을 끝마치려고 서둘렀어요.

크리스마스 아침이 되었어요.
집집마다 코끼리 아이들은 선물을 발견하고 신이 났어요.
셀레스트 왕비는 아이들 방을 살짝 들여다보았어요.
폼은 양말 속에서 선물을 꺼내고, 플로르는 인형을 안고 흔들었어요.
알렉산더는 기분이 좋아 침대에서 펄쩍펄쩍 뛰었어요.

산타 할아버지는 약속한 대로
아름다운 크리스마스트리를 가지고 돌아왔어요.
산타 할아버지 덕분에 더 멋진 크리스마스 파티를 열 수 있었어요.

폼, 플로르, 알렉산더, 아더와 제피르는 불빛이 반짝거리는
크리스마스트리를 바라보았어요.
지금까지 본 것 중에 가장 멋진 크리스마스트리였어요.

다음 날, 산타 할아버지는 난쟁이들이 기다리는
숲으로 돌아갔어요.
커다란 호숫가에서 바바 왕과 셀레스트 왕비, 폼, 플로르, 알렉산더,
아더와 제피르가 손수건을 흔들었어요.
모두 산타 할아버지가 떠나는 걸 아쉬워했어요.
그래도 참 다행이에요. 해마다 산타 할아버지가
코끼리 나라에 오기로 약속했으니 말이에요!

다시 만난 산타 할아버지와 바바 왕

지난해 우리 마을을 처음 방문했던 산타 할아버지가 다시 찾아와 바바 왕과 대담을 나누었다.
이번 만남은 바바 왕이 여름휴가를 맞은 산타 할아버지를 정식 초대함으로써 이루어졌다.
다시 만난 산타 할아버지와 바바 왕은 반갑게 인사를 나누며 첫 만남을 추억했다.

 **바바** 지난해에는 우리 마을을 찾아 주셔서 정말 감사했습니다. 산타 할아버지께서 난쟁이들을 보러 간다며 서둘러 돌아가시는 바람에 제대로 대접을 못 해 드렸습니다.

 **산타** 별말씀을 다 하십니다.
오히려 제가 고마웠습니다.
사실 저는 바바 왕의 용기와 열정에 감동을 받았고, 또 바바 왕이 얼마나 코끼리 아이들을 사랑하는가를 알게 되었습니다.
왜냐하면, 모두 제가 방문해 주기를 기다리기만 할 뿐 실제로 바바 왕처럼 그 먼 길을 찾아와 저에게 부탁한 사람이나 동물은 없었으니까요.
물론 난데없이 굴뚝으로 들어와 놀라기도 했지만 마음속으로는 바바 왕이 대단하다고 생각했습니다.

 **산타** 그런데 그때는 정신이 없어서 지금에야 물어보는 건데요, 제가 있는 곳은 어떻게 알고 왔습니까?

 **바바** 사실 제가 그때 고생 좀 했습니다.
산타 할아버지를 찾기 위해 사방을 돌아다녔으니까요. 여러 동물들의 도움도 받긴 했는데 생쥐들이 찾아 준 것은 산타 할아버지 인형이었고, 참새들이 찾아 준 것은 산타 할아버지와 차림이 비슷한 모델이었습니다. 산타 할아버지에 대한 정보를 알아내려고 기이아네 선생과 윌리암 교수를 찾아갔지만 별 소득이 없었고요.
그러던 중 공원에서 듀크를 만났어요. 듀크가 한 여자아이의 인형에서 산타 할아버지의 냄새를 맡았습니다. 오로지 듀크의 민감한 코에 의지해 산타

바바 그런데 왜 하필 그렇게 춥고 먼 산꼭대기 숲 속에서 살고 계신 거죠? 우리 코끼리 나라처럼 따뜻한 곳에서 지내시면 좋을 텐데요.

산타 물론 다른 사람들과 함께 어울려 지내는 것도 좋겠지요. 하지만 좀 힘들더라도 이렇게 홀로 떨어져 지내는 것이 더 자유롭습니다.

생각해 보세요. 만일 사람들의 마을에서 함께 지낸다면 이런저런 부탁을 받게 되겠죠? 자기 아이만 특별히 더 신경을 써 달라는 청탁도요. 일일이 거절하는 것도 미안하고 번거로운 일일 겁니다. 그렇게 되면 모든 어린이들을 평등하게 사랑해야 한다는 산타의 정신에 어긋나는 일도 하게 될 것이고요.

그러니 고생스럽더라도 자유롭게 지내는 것이 좋습니다. 그리고 내 곁에는 난쟁이들이 있으니 크게 외롭지도 않고요.

산타 산타 옷을 입고 아이들에게 선물을 나누어 준 소감은 어땠습니까?

바바 빌려 주신 산타 옷 덕분에 무게가 꽤 나가는 저도 무사히 하늘을 날 수 있었습니다. 하하하! 하지만 어려운 점도 있었습니다.

누가 어떤 소원을 빌었는지 일일이 기억하기가 힘들었거든요. 제피르는 자전거를 갖고 싶다고 했는데 인형을 줄 뻔했고, 장난감 기차를 원했던 아더에게는 잠자리채를 줄 뻔했지요.

그러다 문득 뭔가 이상하다 싶어서 소원이 적힌 쪽지를 확인하고 나서야 제대로 선물을 줄 수 있었습니다. 산타 할아버지는 어떻게 그 수많은 아이들과 아이들이 원하는 선물을 제대로 전달해 주시는지 참 대단하다는 생각을 했습니다.

산타 할아버지의 일은 단지 하늘을 나는 산타 옷을 입고 선물을 나누어 주는 것만은 아니라고 느꼈습니다. 이 일은 어린이들을 사랑하는 마음 없이는 결코 할 수 없는 일이니까요.

할아버지를 찾아 나섰던 것입니다. 제가 그렇게 온갖 고생을 다 하면서 산타 할아버지를 찾아간 이유는 바로 우리 코끼리 아이들을 실망시킬 수 없어서였습니다. 매일매일 산타 할아버지의 오지 않는 답장을 기다리는 아이들의 간절한 눈동자를 더 이상 지켜보고 있을 수만은 없었기 때문입니다.

산타 만일 내가 집에 없었거나 만나 주지 않을 수도 있었을 텐데요? 그런 생각은 안 해 보았습니까?

바바 산타 할아버지가 모든 아이들을 평등하게 사랑하는 분이시라면 우리 코끼리 아이들도 외면하지 않고 똑같이 사랑해 주시리라는 믿음이 있었습니다.

 **산타** '산타 헌장'에 이런 말이 있습니다.
'모든 어린이는 귀하다. 어린이들은
피부색이나 언어, 태어난 나라에 상관없이
평등하며, 어린이라는 이유만으로도 존중받을 권리가
있다. 그러므로 모든 산타는 어린이들이 원하는
선물을 주어야 할 의무가 있다.'
하지만 단순히 선물을 전달하는 것이 산타의 목적이
아닙니다. 선물은 어린이에 대한 존중의 표현일
뿐이지요. 이 세상 어디에 있는 어린이라도 존중받고
사랑받을 권리가 있는 것입니다.

 **바바** 선물을 나누어 주는 산타 할아버지
중심에서 보지 말고, 오히려 선물을
기다리는 어린이들이 주인공이라는
관점에서 보라는 거군요. 하기야 어린이 없는 산타
할아버지는 좀 이상하긴 합니다. 하하하!

바바 참, 갑자기 난쟁이들이 생각나네요.
그때 처음 본 듀크와 저에게 왜 그렇게
짓궂게 굴었을까요?

 **산타** 저런, 오해하지 마세요. 그 녀석들
딴에는 낯선 분들이 오니까 저를 지키기
위해 그런 것입니다. 한 번도 누가 찾아온
적이 없었으니까요. 저와 함께 지내는 난쟁이들은
외모뿐 아니라 마음도 어린이처럼 맑고 순수합니다.
알고 보면 굉장히 착한 친구들이지요.

 **바바** 좀 괘씸하긴 했지만 듣고 보니 이해가
됩니다. 모처럼 휴가를 오셨으니 이번에는
난쟁이들 핑계 대지 마시고 오래 계시다
가십시오. 맛있는 과일도 많이 드시고, 호숫가 해먹
위에서 달콤한 낮잠도 주무시고요.
그래야 올 크리스마스에 저희 코끼리 마을까지 오실
수 있을 테니까요.

전 세계 어린이들을 사랑하는 산타 할아버지와
코끼리 아이들을 사랑하는 바바 왕. 맑고 순수한
동심을 지켜 주려는 두 거성의 만남은 모든 동물
마을까지 커다란 울림을 줄 것으로 보인다.

정리. '셀레스트빌 마을 신문' 기자 **코봉이**

그림책을 예술로 승화시킨
장 드 브루노프

프랑스의 작가이자 바바를 창시한 일러스트레이터로 잘 알려져 있는 장 드 브루노프(Jean de Brunhoff)는 1899년 12월 9일, 출판인이었던 아버지 모리스와 어머니 마거리트의 막내아들로 태어났습니다.

제1차 세계 대전이 거의 끝나갈 무렵에 참전하였다가 돌아온 후, 프로 작가가 되기로 결심한 그는 파리의 그랑드 쇼미에르 아카데미에 다니며 그림 그리는 일에 몰두하였습니다.

재능 있는 클래식 피아니스트였던 세실 사보로드와 1924년에 결혼하여 이듬해에 첫째 아들 로랑을, 그 이듬해에 둘째 아들 매튜를, 그리고 9년 후에는 셋째 아들 티에리를 낳고 행복한 가정을 꾸렸습니다. 하지만 불행하게도 폐결핵에 걸려 1937년 10월 16일, 겨우 37세로 세상을 떠났습니다. 그의 유해는 파리에 있는 페르 라세즈 공동묘지에 안장되어 있습니다.

바바의 탄생

어린이 그림책의 역사에 있어서 중요한 의미를 지니는 바바 책은 장(Jean)의 아내 세실이 아이들을 위해 만든 이야기에 기초하고 있습니다. 세실은 잠자리에서 아이들에게 이런저런 이야기를 들려주곤 했습니다. 그 중에서도 아이들은 사냥꾼에 의해 엄마를 잃고, 정글을 떠나 도시로 오게 된 어린 코끼리 바바에게 푹 빠져들었습니다. 장은 아이들과 함께한 소중한 추억을 남기고 싶은 마음에서 이 이야기를 그림책으로 출간하였습니다.

처음 나왔을 때의 책은 커다란 판형으로, 필기체로 쓰인 글에 수채화 형식의 그림이 통합되어 있었습니다. 장면 구성의 혁신성, 단순한 단어와 문장들, 가족애와 우정에 기반한 자유로운 코끼리 사회의 묘사로 바바 책은 출간되자마자 폭발적인 인기를 얻었습니다. 또한 그림책도 예술 작품처럼 감상할 수 있다는 발상의 전환은 당시로서는 아주 획기적인 것이었습니다.

첫 번째 책인 〈바바 이야기 Histoire de Babar〉 이후에 6권이 더 발간되어 장은 모두 7권의 작품을 남겼습니다. 아버지의 뒤를 이어 장남 로랑은 1946년부터 지금까지 계속해서 바바 시리즈를 이어가고 있습니다. 이제 바바는 프랑스의 위대한 유산이 되었고, 전 세계 어린이들의 사랑을 받고 있습니다.